REDUX

TRANSFIGURACIÓN

*Un
Divino
Encuentro
&
Conversación:
Moisés, Jesús y Elías*

J.R.R. JAQUEZ

A mi madre, Marisela, quien de muchas maneras creyó en lo sobrenatural.
Y, como médico, mostró compasión y empatía hacia los demás de muchas formas.
En algún lugar de la Tierra Prometida, un encuentro y una conversación divina contigo.

17 de enero de 1951 - 31 de agosto de 2023

PRÓLOGO

Con la tradición judeocristiana como telón de fondo, esta historia explora y amplía un evento sobrenatural: la Transfiguración. Aunque el enfoque se inclina hacia la tradición cristiana, también preserva elementos de la herencia judía.

En el corazón de esta narrativa no están las vidas de los protagonistas, sino el evento que los une. Se podría decir que el evento "protagoniza" y ocupa el centro del escenario.

Basándose en los relatos de los Evangelios en Mateo 17:1-13, Marcos 9:2-13 y Lucas 9:28-36, esta historia combina elementos de los tres para construir una secuencia cohesiva y cronológica. Si bien se mantiene fiel a los textos, la narrativa toma libertades creativas para hacer la historia más accesible y atractiva, evitando la confusión que podría surgir de los relatos fragmentados.

Entretejiendo detalles modernos y expresiones contemporáneas, pero siempre con respeto por lo sagrado del evento, el autor utiliza licencias poéticas y teológicas para expandir la profunda conversación que los Evangelios mencionan pero no elaboran. Se parte de este viaje para explorar este encuentro divino.

INTRODUCCIÓN

En el Redux de la Transfiguración, el trasfondo de la historia es un evento sobrenatural dentro de la tradición judeocristiana. Los lectores familiarizados con figuras como Jesús, Moisés, Pedro, Santiago, Juan y Elías encontrarán que su apreciación se enriquece con el conocimiento previo de estos personajes. Para aquellos con formación en teología, estudios religiosos o campos similares, la narrativa ofrece una capa adicional de profundidad.

Sin embargo, no es un requisito estar familiarizado con estas tradiciones. La historia está diseñada para ser accesible a un público más amplio, incluyendo a aquellos interesados en teología, literatura espiritual o ficción de temática cristiana. Aunque estos lectores puedan experimentar la historia de manera diferente, su esencia sigue siendo cautivadora y reflexiva.

El tono, ritmo y estructura reflejan los Evangelios. Esta no es una historia convencional de protagonista contra antagonista; más bien, es de naturaleza contemplativa. Si bien hay algún conflicto, la narrativa se centra en los profundos temas de fe, identidad y destino; y sigue el tono de Mateo 17:1-13, Marcos 9:2-13 y Lucas 9:28-36.

Para preservar el flujo de la historia, se incluirán notas aclaratorias, teológicas o reflexiones adicionales después de la narrativa. Esto evita interrumpir la inmersión del lector. Ahora, ascendamos juntos hacia el Tabor y presenciemos el desarrollo de un misterio divino.

CAPÍTULO I
EL ASCENSO AL TABOR

Como olas espumosas del mar, las nubes en hilos de lino abrazan al sol amarillo mostaza… sumergiéndolo bajo el cielo turquesa.

Mientras el sol se hunde… las nubes tejen un río de cachemira, su corriente acuna y pastorea la esfera elevándola hacia el horizonte zafiro. Las nubes la visten de blanco hueso… y la dejan flotar.

Un rocío naranja tiñe las mejillas y mentón de las nubes.

Al oeste del mar de Galilea y al este de Nazaret, el rabino marcha hacia la montaña.

Un sueño conmovió su alma hace seis días. Encabeza una procesión triangular: Pedro a su derecha, Juan detrás de él y Santiago a su izquierda.

Las huellas marcan su ascenso. El polvo se aferra a sus sandalias mientras el calor los agobia. Las sombras ofrecen un alivio fugaz mientras se limpian el sudor de las cejas. Una vez al pie de la montaña, Jesús y sus discípulos hacen una pausa para observar los alrededores.

Están lado a lado; sus ojos recorren las características de la montaña: su base, valle, meseta, pendiente, cresta, cañón y cumbre.

Para ampliar su perspectiva, los viajeros se dispersaron. Observan la forma de la cúpula y una meseta prominente a mitad de camino.

El rabino los reúne para discutir la ruta. Escoge un camino que cruza la meseta y la cresta, donde los dejará antes de ascender solo más arriba. En una línea serpenteante, Jesús lidera, seguido por Juan, Santiago y Pedro. El terreno accidentado se distorsiona bajo sus pies, llevándolos a extender las manos para equilibrarse y darse apoyo mutuo.

A mitad del ascenso, el Rabino nota la proximidad de la cresta y llama a hacer una pausa una vez allí. De pie allí, se maravillan ante las formaciones de nubes que parecen bailar con los cielos zafiro turquesa.

En la cresta, el sudor gotea por sus cejas mientras una brisa gira a su alrededor y susurra, "mira hacia arriba."Obedecen. Sus ojos se agrandan al unísono, y las sonrisas pasan entre ellos. La vasta extensión del cielo parece encontrarlos y saludarlos. Contemplando los infinitos tonos azules, descansan un momento.

El rabino examina la cumbre. Después de un instante de contemplación silenciosa, cruza la mirada con cada discípulo, uno por uno. Con su dedo índice derecho, señala hacia la cima y describe su plan para alcanzarla. Pedro interrumpe, la preocupación resuena en su voz: "Rabino, ten cuidado."

Con serena seguridad, el rabino baja la cabeza en señal de afirmación. "Esperen aquí. Volveré después de orar." Bajando el brazo, continúa su viaje hacia la cima. Al irse, Pedro frunce el ceño; la preocupación profundiza las líneas en su rostro. En cuestión de minutos, los discípulos lo pierden de vista. Atraído por cumplir una visión que arde en su interior, el rabino avanza solo, siguiendo el llamado silencioso del destino y la oración.

CAPÍTULO II
PEDRO PRECIPITADO

Pedro, Santiago y Juan miran hacia la cima; levantan la cabeza para tener una mejor vista. El afán los envuelve mientras esperan la llegada del Rabino.

Pedro, susurrando para sí mismo, fija sus ojos en la cuesta:

"Esa subida se ve traicionera…"

Su ceño se frunce. Cruza los brazos y tamborilea el pie derecho como las alas de un colibrí. Su corazón se acelera, su presión arterial sube y su rostro se enrojece de un rojo guayaba mientras su respiración se vuelve entrecortada. Una oleada de urgencia lo inunda. Como un rayo, corre desde la cresta para seguir el camino del Rabino.

Santiago y Juan intercambian miradas confusas mientras la silueta de Pedro se desvanece en la distancia. Santiago siente un nudo en el estómago; una punzada de preocupación se extiende por su pecho.

Santiago, frunciendo el ceño y murmurando:
"¿Adónde va?
El rabino nos dijo: 'Esperen aquí.'"

Sacudiendo la cabeza, se inclina hacia Juan y le susurra: "Espera aquí." Sin esperar respuesta, Santiago corre tras Pedro.

Juan se queda solo, perplejo. La desobediencia de ambos lo inquieta. Da una vuelta completa, buscando alguna explicación, pero no encuentra ninguna. De repente, el silencio sucumbe con el agudo chillido de un águila que atrae su mirada hacia el cielo.

Dando tres vueltas, el águila se cierne sobre él. Sus alas brillan con los tonos de Tekhelet, con vetas doradas delineando los bordes. En la tercera pasada, vuela tan cerca que sus ojos se encuentran, estableciendo una conexión que parece marcarlo con un propósito aún por cumplirse. Un escalofrío recorre la columna de Juan. Mientras el águila asciende y desaparece en los cielos, la soledad se cierne sobre él como una niebla indeseada.

Mientras tanto, Santiago acorta la distancia entre él y Pedro. Sus pasos resuenan contra el terreno accidentado. Con la mano extendida, alcanza el borde del himatión de Pedro, lo roza antes de sujetarlo con firmeza.

Santiago detiene a Pedro; lo hace girar para que lo mire de frente. Su índice izquierdo se hunde en el pecho de Pedro mientras clava la mirada en él.

Santiago, con tono severo:

"Pedro, el rabino nos dijo que nos

quedáramos.

¡No puedes salir corriendo así!"

Pedro tartamudea, su voz temblorosa,

levantando las manos en defensa:

"Ha tardado demasiado. ¿Y si nos necesita?"

Santiago exhala bruscamente, levantando

una ceja.

Con su mano derecha, señala hacia la cresta:

"No. No ha tardado demasiado.

Debemos regresar y esperar."

Pedro, insistente, con los hombros rígidos,

sacude la cabeza:

"Santiago, !Te digo que podría estar en problemas!"

Mientras los dos discuten, Juan, ahora abrumado por la preocupación por sus amigos, decide seguirlos. La soledad corroe su determinación, y la duda nubla sus pensamientos. Recordando el sendero que tomó Santiago, camina por el Camino de Santiago durante unos tres kilómetros antes de divisarlos a lo lejos.

Aproximándose con cautela, Juan se une a la conversación y coloca una mano sobre el hombro de Pedro.

Juan, con suavidad:

"Pedro, entiendo tu preocupación, pero Santiago tiene razón.

El rabino dio instrucciones claras.

Nos dijo que esperáramos."

Los hombros de Pedro se relajan cuando el tono amable de Juan traspasa su preocupación. Exhala, su mirada se suaviza mientras su cabeza sube y baja. Con algo de persuasión, los dos tranquilizan a Pedro, derritiendo sus temores como cera de vela. Finalmente, Pedro suelta un suspiro y está de acuerdo. En línea recta hacia la cresta, el trío emprende su caminata siguiendo el Camino de Santiago.

Cuando llegan a la cresta, su preocupación se desvanece y da paso al asombro. Desde allí, lo ven: su figura bañada por el resplandor etéreo de un sol amarillo mostaza y una luna blanco hueso, a la vez humano y divino. El alivio los invade mientras el aire de la montaña parece más ligero. Exhalando profundamente, Pedro coloca una mano sobre su corazón mientras Santiago y Juan intercambian miradas de complicidad, con sus espíritus elevados por la visión.

CAPÍTULO III
EL ENCUENTRO DIVINO

El Rebe alcanza la cumbre en forma de cúpula triangular. El polvo se adhiere a su túnica, un recordatorio de un traspié anterior. Un moretón marca su antebrazo izquierdo, pero sigue adelante.

Cautivado por la vista panorámica, se detiene para recuperar el aliento. En sentido contrario a las agujas del reloj, su mirada recorre la tierra: desde las colinas del norte hasta los valles del sur, desde el horizonte oriental hasta las llanuras del oeste. La vasta magnificencia lo hipnotiza.

Durante dieciocho minutos, está inmerso en la belleza de la creación. Luego, cerrando los ojos, inclina la cabeza, levanta las manos a la altura de los ojos y comienza a rezar. El silencio envuelve la cumbre mientras los minutos se extienden a casi una hora.

En las alturas, encima de él, los cielos despiertan.

Girando como engranajes celestes, las nubes se arremolinan en forma de reloj de arena. Por un lado, las nubes de lino giran en el sentido de las agujas del reloj; por el otro, las nubes de lana reflejan el movimiento contrario. Juntos, tejen un tapiz brillante. Resuena como el ritmo de una danza divina. Los pisoteos rítmicos de los pies ocultos resuenan en los cielos.

Las nubes danzan al ritmo del Hora, la danza circular israelí; el Hora teje delgadas cortinas de Tekhelet que caen ante él. Las rocas tiemblan mientras los ombligos giratorios, parecidos a los ojos de un ciclón, comienzan a abrirse...

El temblor se propaga por la montaña, sus vibraciones como un latido que conecta la cumbre con la cresta. Los discípulos sienten el débil zumbido, un ritmo que asciende desde la cumbre como el pulso de la montaña misma. Sobresaltados, levantan la vista, atraídos por la fuente.

La Hora los impulsa a levantarse. Capturando la revelación como el obturador de una cámara, sus ojos se agrandan y sus bocas se entreabren.

Santiago murmura, su voz teñida de asombro:

"Los vientos y las nubes le obedecen. ¿Qué clase de hombre es este?"

Cuando los ombligos arremolinados se abren en el centro de las dos esferas, dos figuras luminosas emergen de cada ombligo. Envueltos en Cordones Relámpago-Umbilicales que se enrollan alrededor de sus cinturas como vides vivientes, descienden con gracia mesurada. Acunados por cortinas de Tekhelet en cascada y acompañados por una suave y fresca brisa, llegan a la cima

Una figura aterriza a la derecha del Rabino, la otra a su izquierda. Sus formas radiantes proyectan una luz azul que se desplaza y danza sobre la túnica del Rabino. Como si absorbiera su presencia en el alma, permanece inmóvil por un momento. Los cordones se desenrollan y ascienden nuevamente hacia los cielos mientras la danza celestial disminuye.

Encantados por las dos figuras luminosas, los discípulos levantan la vista. Sus expresiones reflejan *El Grito* de Edvard Munch, pero invertidas: sorprendidos, con la boca entreabierta y las manos inmóviles. Llamémoslo *El Asombro*. Tratando de comprender la imposibilidad de lo que presencian, Santiago lleva una mano a su mejilla. Proyectando un resplandor etéreo sobre la montaña, el sol y la luna conspiran para brillar juntos. El tiempo parece doblarse.

Desde su llegada, los dos hombres contemplan a Jesús y sus alrededores inmediatos. El hombre a la izquierda de Jesús lleva un cinturón de cuero alrededor de la cintura y una capa que cubre su cabeza luminosa hasta las cejas. El hombre a la derecha de Jesús lleva un velo hasta los hombros que oculta su rostro radiante hasta las cejas.

Minutos después, las nubes comienzan a desaparecer... El Rabino baja las manos, levanta la cabeza y abre los ojos. Su mirada asciende, se detiene hacia el cielo y luego baja suavemente. Las nubes que se retiran dejan la cumbre bañada en quietud, interrumpida solo por el leve susurro de la brisa. Durante siete minutos celestiales, no se pronuncian palabras.

Finalmente, sonríe; la quietud se disipa con un saludo:

"Shalom Aleichem."

La figura velada responde:

"Aleichem Shalom."

El hombre encapuchado inclina la cabeza y hace eco:

"Shalom Aleichem."

Por un momento, el único sonido es el débil zumbido de las nubes que retroceden. El Rabino, el hombre velado y el hombre encapuchado permanecen unidos como uno: tierra, profecía y cielo, entrelazados en una quietud eterna.

CAPÍTULO IV
LA CONVERSACIÓN DIVINA

Un resplandor etéreo ilumina la cumbre, y un halo resplandeciente rodea las nubes en lo alto.

Desde los cielos, resuena una voz celestial:

"Este es mi Hijo amado, en quien tengo complacencia.

Él es el Elegido... ¡Escúchenlo!"

Sus palabras llegan a cada oído y reverberan por la montaña. En la cresta, Pedro, Santiago y Juan caen de rodillas. Un halo amarillo mostaza irradia del rostro del Rabino, con puntas que evocan hojas de palma del Domingo de Ramos. Su túnica brilla con el mismo tono dorado.

El hombre velado da un paso al frente, su voz tranquila pero cargada de peso:

"Shalom Aleichem, Elegido."

El hombre encapuchado inclina la cabeza y continúa:

"Shalom Aleichem, Hijo de Dios."

Observando la vasta tierra abajo, ambos se ajustan a la altura de la cumbre. Como camellos que viajan paso a paso por el desierto, avanzan con paciencia, cubriendo apenas unos pocos pies cada minuto. La mirada del hombre velado oscila entre el paisaje y el Elegido. Vigilante como un zorro del desierto, el hombre encapuchado observa al Hijo de Dios y a las tres figuras distantes en la cresta. Silencioso, el Rabino absorbe sus intenciones.

La mirada del hombre velado se detiene en el terreno. La esencia de la tierra resuena en su interior. Un destello de déjà vu cruza su rostro radiante. Se detiene. Inclinando ligeramente la cabeza, presiona dos dedos contra sus labios en contemplación. Lentamente, avanza hacia el Rabino.

Cuando está al alcance, entrecierra los ojos y pregunta:

"¿Es esta la tierra más allá del río Jordán?

¿La tierra que fluye con leche y miel?"

Escucha una voz fluvial. Esto lo sorprende.

Los labios del Elegido se curvan en una suave sonrisa:
"Sí. Esta es la tierra más allá del Jordán. La Tierra Prometida."

Los ojos del hombre velado se agrandan. Como para sentir su promesa, se arrodilla y coloca dos dedos sobre el suelo. Por unos minutos, permanece inmóvil, absorbiendo su calor. Siente el eco de una época que aún resuena en su interior.

Sus ojos se nublan de anhelo:
"Ver esta tierra después de tanto tiempo...

se siente como un regalo."

Levantándose, regresa a su lugar y habla con un tono sombrío:

"Le rogué a Yahvé que me dejara entrar en esta tierra, pero me lo negó.

Cometí un error... uno grave. Estaba cansado, enojado. Me dijo que le hablara a la roca, pero la golpeé... Esperé... y nada... ¡Le di otra vez! Perdí el control en mi frustración, llamé rebeldes al pueblo y tomé crédito por lo que era Su don. El agua era un regalo de Yahvé, no mío para dar."

El Rabino se inclina ligeramente, su mirada firme:

"Siempre usaste la vara para demostrar el

poder de Yahvé. ¿Por qué hablarle a la roca esta vez? ¿Qué cambió?"

El hombre velado suspira profundamente, su voz cargada de pesar:
"Preguntas válidas. ¿Qué cambió, en verdad? ¿Quién conmovió el corazón de Yahvé?"

La voz del Rabino se suaviza:
"Le pedí a Yahvé que te permitiera ver esta tierra, la Tierra Prometida. Entonces, soñé con esta cumbre, y se convirtió en el camino."

El hombre velado inclina la cabeza mientras flamas de curiosidad titilan en su mirada:

"El Hijo pide al Padre. ¿Por qué?"

El Rabino responde con convicción:
"El esfuerzo, resistencia, liderazgo y
compromiso. Has hecho tanto por nosotros."

El hombre velado inclina la cabeza, la
curiosidad suavizando su voz:
"¿Tu madre alguna vez te pidió algo?"

Recordando un recuerdo preciado, el
Rabino baja la mirada con ternura y
comienza:
"Sí. En una boda en Caná. El vino se había
acabado, y ella se acercó a mí en silencio,
diciendo: 'No tienen más vino'."

El hombre velado levanta una ceja:

"¿Y qué hiciste?"

El Rabino vacila, su mirada distante:

"Al principio, me resistí.

Le dije que no era mi hora.

Pero simplemente se volvió hacia los

sirvientes y dijo:

'Hagan todo lo que él les diga.'"

El hombre encapuchado sonríe, su tono

teñido de humor:

"Entonces… no te dejó opción…"

Con admiración brillando en sus ojos, el

Rabino deja escapar un leve gesto de

afirmación:

"Confiaba en mí. Primero, les dije a los sirvientes que llenaran seis tinajas de piedra con agua.

Luego, les pedí que sirvieran un poco al maestro de ceremonias."

El hombre velado cruza los brazos, inclinando la cabeza con incredulidad:

"Espera, estoy confundido...

¿Le diste agua al maestro?

¿Por qué tiene que probar agua?"

El Rabino sonríe de manera sutil:

"Oh, para entonces, ya era vino.

¿Y sabes qué?

Llamó al novio y le dijo:

'Guardaste el mejor vino para el final'."

El hombre velado alza la vista hacia el cielo,
su expresión es de asombro:
"Cada tinaja contenía de veinte a treinta
galones. ¿Transformaste más de cien galones
de agua en vino? ¿El mejor vino?"

El Rabino con sutilidad sube y baja el
mentón:
"La compasión de mi madre vio una
necesidad, y su fe me movió a actuar.
Lo comprendí."

El hombre velado sonríe, su voz
suavizándose:
"¿Cuál es su nombre?"

El Rabino responde con un tono reverente:

"Mari. Su nombre es María."

El hombre velado da un paso atrás, su voz
llena de tranquila y admiración:

"La Madre pide al Hijo, y el Hijo pide al

Padre. Qué gracia tan profunda!"

El hombre velado y el Elegido
intercambian miradas. Se entienden.

El hombre velado pregunta:

"Aparte de ti y tu madre, ¿había alguien más

en la boda?"

El Elegido hace una pausa, reflexionando:

"Sí."

Con la palma abierta, levanta la mano y señala directamente hacia el horizonte:
"Camina hacia allí. Mira hacia abajo."

Mientras el hombre velado camina hacia el borde, el hombre encapuchado dirige su mirada hacia los discípulos y luego hacia el Hijo de Dios.

Señalando con su dedo índice derecho, pregunta:
"¿Quiénes son ellos?
¿Son los que asistieron a la boda?"

El Hijo de Dios responde:
"Sí. Ellos son mis discípulos."

El hombre encapuchado:

"Entonces, ¿todos están unidos a ti de una forma especial?¿Habita entre ellos un profundo sentido de lealtad hacia ti?

El Hijo de Dios confirma con un leve gesto: "Sí. Entre nosotros, eso es cierto."

La voz del hombre encapuchado se torna grave:

"Uno te negará."

El Hijo de Dios, sorprendido:

"¿Negarme? ¿Quién? ¿Cuándo?"

El hombre encapuchado vacila, luego niega con la cabeza:

"¿'Cuándo?' Veo un cambio de guardias...

¿'Quién?' Sus destinos se entrelazan.

A su debido tiempo... lo verás."

Levanta su brazo derecho y mira

directamente:

"Veo tu éxodo en Jerusalén.

¿Eres consciente de lo que te espera...?

¿El sacrificio?"

Con un tono solemne, el Hijo de Dios

responde:

"Sí. Lo sé. Lo sé."

El hombre encapuchado da un paso al

frente, su voz pesada por la memoria. Frunce

el ceño y baja un brazo, luego coloca la otra mano sobre su pecho; su postura recuerda a *El caballero de la mano en el pecho* de El Greco.

El hombre encapuchado:
"Hubo un tiempo en que la desesperación me arrastró a un abismo tan profundo que rogué a Yahvé que me quitara la vida. Pero lo que sentí, lo que me quebró, no será nada comparado con la agonía que tú soportarás."

El hombre encapuchado se detiene, mirando hacia abajo. Antes de continuar, el hombre velado da un paso más cerca e interrumpe:
"Yo también sentí lo mismo una vez.
Le pedí a Yahvé que acabara con mi vida.

Pero Yahvé me ayudó.

Setenta ancianos me ayudaron.

¿Qué te sucedió a ti? ¿Recibiste ayuda?"

La voz del hombre encapuchado baja:
"Temiendo por mi vida, huí. Exhausto, pensé
que era el final... Un ángel me despertó y me
ofreció pan, cálido y fresco, y agua. Comí y
bebí, y Yahvé me restauró.

No sabía que una restauración podía saber
tan simple."

El hombre velado inclina la cabeza, su voz
firme:
"Incluso en la desesperación, Yahvé provee.

Cumplamos juntos el propósito divino."

El hombre encapuchado sube y baja el mentón:

"¿Juntos? Sí."

El hombre velado fluctúa su mirada entre el Elegido, los hombres abajo y el hombre encapuchado.

Se detiene y se enfoca en el hombre encapuchado:

"Sí, uno de ellos lo negará."

Luego, el hombre velado se dirige al Elegido:

"Uno flaqueará, pero otro estará a tu lado. Con el tiempo, lo entenderás."

El hombre velado se detiene. Luego, camina hacia El Elegido y se detiene a mitad de camino:

"Te espera una emboscada política.

Te enfrentarás a un monarca.

Yo me enfrenté a uno.

Di tu verdad.

Elegido de Dios, el peso de la salvación reposa sobre tus hombros"

La voz del hombre encapuchado se vuelve más baja, temblando con este presagio:

"Sangre…

En un jardín sudarás sangre.

Tus hombros, espalda, frente y costado sangrarán.

A través de ello, fluirá la salvación."

El Hijo de Dios inclina la cabeza. Los participantes permanecen inmóviles. El silencio embriaga el aire durante unos cuarenta segundos. Entonces, una visión destella dentro del hombre velado. Se da vuelta y camina hacia el borde.

El hombre velado observa a los discípulos:

"La águila desplegó sus alas y cruzó los cielos.

El mensaje perdura; las enseñanzas sobreviven."

Inmediatamente después, el hombre velado se acerca al hombre encapuchado. Él susurra en su oído, y el hombre encapuchado escucha y murmura. Después de unos tres minutos, el hombre encapuchado asiente. Se dan vuelta y comienzan a caminar hacia el Elegido, el Hijo de Dios.

El hombre velado se sitúa al lado derecho del rabino y el hombre de la capa se queda a su izquierda. Una vez en su sitio, el hombre velado levanta las manos, entrelaza los dedos medio, índice y anular contra el velo y lo retira para revelar su rostro y su cabeza. El hombre de la capa imita los movimientos de su compañero. Como si llevaran el peso de siglos pasados, sus expresiones radiantes reflejaban una profunda comprensión.

El hombre velado habla, con voz firme pero solemne:

"Tú transformaste el agua en vino y, a través de tus acciones, conmoviste el corazón de Yahvé, concediéndome este momento para ver la Tierra Prometida.

Gracias por mostrarme esta tierra.

Yo, nosotros, deseamos imponer nuestras manos sobre ti."

Pasan tres latidos en silencio. Girando a la derecha, el rabino levanta la cabeza. Sus ojos se encuentran con los del hombre sin velo. A través de la extensión del tiempo, se conectan. Una sonrisa infinitesimal pero eterna adorna los labios del rabino. Al girar a la izquierda, se encuentra con la mirada del hombre sin capa. Un río silencioso de comprensión fluye entre ellos... No se pronuncian palabras.

Posicionados diametralmente a la izquierda y a la derecha del rabino, los dos forman una paridad perfecta, con el rabino de pie en el centro de su alineación.

El hombre sin velo hace una petición al Elegido que incluye dos nombres. El hombre sin capa escucha y hace la misma petición, pero con un solo nombre. El Rabino dirige su mirada de reojo y asiente mientras concede sus solicitudes.

El hombre sin velo coloca una mano sobre el hombro del Rabino y la otra sobre su cabeza. El hombre sin capa lo imita, sus movimientos formando una simetría perfecta. Luego, el Rabino levanta las manos a la altura de la cintura, con las palmas hacia arriba.

Una cálida brisa recorre la cima, enhebrándose entre sus cabellos y túnicas como un himno invisible. El Rabino comienza a hablar, su voz impregnada de una resonancia que parece hacer eco a través del tiempo. Con un ritmo que solo él conoce, su voz sube y baja. Los otros dos se unen a él. En perfecta armonía, sus voces se entrelazan. Su túnica brilla aún más. Lenguas de fuego hendidas titilan sobre sus cabezas con un brillo mayor que el Lucero del Alba; el resplandor ilumina la cima...

En las alturas, encima de ellos, las nubes comienzan a girar; su zumbido se profundiza, reverberando a través de la montaña. En los cielos, crece gradualmente el sonido de aplausos y pisadas. Arriba, las nubes danzan al ritmo de la Debka. Girando en direcciones opuestas, dos anillos de Tekhelet toman forma. Desde sus centros radiantes, dos escaleras gemelas resplandecientes de luz se despliegan, cada una bordeada por un Pasamanos Relámpago-Umbilical. Su ascenso forma un puente entre el cielo y la tierra, entre lo mortal y lo divino.

En la cresta, los discípulos se cubren los ojos, apenas capaces de vislumbrar las figuras radiantes en la cima. La luz late con un brillo vivo, su resplandor penetra en sus almas y los deja abrumados y asombrados. El Tabor tiembla bajo sus pies. Incapaces de soportar el resplandor y dominados por el asombro, cierran los ojos, sus rodillas ceden y caen postrados, con los rostros presionados contra la tierra.

CAPÍTULO V
EL DESCENSO DEL TABOR

El aire permanece inmóvil, y la montaña parece vibrar con energía divina. Debajo de la cumbre y bañado por su resplandor, el Rebe se encuentra en la cresta frente a sus discípulos. Tumbados boca abajo, con las manos sobre la cabeza y el rostro pegado al suelo, tiemblan.

El Rabino:

"Levántense... No tengan miedo..."

Pedro levanta la cabeza y mira de reojo. Se arrodilla, y sus ojos miran más allá de los hombros del Rabino hacia la cumbre. Allí, dos escaleras en espiral se extienden hacia los cielos: una hecha de nubes de lino Tekhelet y la otra de nubes de lana Tekhelet. Sus formas recuerdan las escaleras blancas como la nieve del interior de la Sagrada Familia, se elevan desde el lado derecho e izquierdo del Rabino, como si los mismos cielos se abrieran para recibirlos.

Pedro salta de pie, con los brazos abiertos por la emoción:
"¡Rabino! Este lugar... ¡es bueno!
¿Deberíamos quedarnos aquí?
Podría construir tres refugios: uno para ti, otro para..."

Vacila, sus ojos recorren la cumbre.

Su voz se apaga, teñida de confusión:

"...¿Quiénes son?"

El Rabino se gira lentamente, su mirada serena e imperturbable. Habla en voz baja, como si la respuesta siempre hubiera estado clara:

"Moisés. Elías."

Los ojos de Pedro se agrandan, su emoción se mezcla con asombro:

"Moisés y Elías... ¿aquí?"

El Rabino asiente, su expresión serena:

"Sí."

Juan y Santiago levantan la cabeza ante las palabras de Pedro, su curiosidad despertada. Santiago se vuelve hacia Juan y, con voz baja y vacilante, dice:

"La cumbre... el Rabino...

estaba allí con ellos.

¿Cómo es esto posible?"

Juan lo interrumpe, su tono urgente:
"¡Olvídate de eso! ¡Mira la cumbre!"

Santiago sigue la mirada de Juan; sus ojos se abren de par en par. Dos escaleras de nubes ascienden directamente hacia los cielos, con formas geométricas: una heptagonal y la otra romboide. Conectando la tierra y el cielo, un Pasamanos Relámpago-Umbilical se enrolla alrededor de cada escalera.

Santiago murmura:

"Moisés sube por una. Elías por la otra."

Santiago y Juan se arrodillan. Juan se levanta y se sacude el polvo de la ropa. Después de casi dos minutos, nota que Santiago sigue inmóvil, con los ojos abiertos como tazones de sopa. Juan se estira y lo toma por la axila derecha, ayudándolo a levantarse. Habiendo escuchado el diálogo entre el Rabino y Pedro, ambos se unen a la conversación.

Juan:

"Rabino, ¿cómo sabes sus nombres? ¿Preguntaste? ¿Te lo dijeron?"

Rabino:

"Sus historias y unciones revelaron sus identidades."

Santiago, aún asombrado:

"¡Esta experiencia transformadora, este cielo en la tierra! ¡No puedo esperar para compartirla con los demás!"

La expresión del Rabino se endurece:

"No. No pueden contárselo a nadie.

Eso aplica para todos ustedes."

Pedro, incrédulo, gesticula hacia la cumbre:

"¿Qué? ¿A nadie? ¿Pero por qué? ¡Mira esto! ¿Cómo no compartirlo con los demás?"

Juan añade:

"¡Sí! Estoy de acuerdo con Santiago y Pedro.
¿De qué hablaron? ¿Hablaron de nosotros?"

Rabino:

"... Ahora no es el tiempo.

El tiempo llegará...

Tiempo de irnos..."

Jesus encabeza la via montaña abajo y pasa caminando entre ellos. Por unos momentos, los discípulos contemplan a Moisés y Elías subiendo las escaleras hacia el cielo. Luego, Pedro y Santiago siguen a Jesus: Pedro a su derecha y Santiago a su izquierda.

Juan echa una última mirada a cada escalera, contemplándolas desde su base en la cima de la montaña hasta su punto más alto en el cielo. Al llegar su mirada a la cima, ve lo que parecen ser luces navideñas distantes y borrosas. Dos luces descienden por la escalera de Moisés y una por la de Elías. Sin embargo, vuelve a concentrarse y acelera el paso para unirse a los demás, dejando que la visión se desvanezca.

A estas alturas, la luz de la luna inunda el paisaje, suavizando el camino por delante. Persisten algunos destellos de luz mostaza en la distancia, un recordatorio del esplendor de la cumbre. El Rabino los guía por una ruta diferente. La curiosidad muerde a Pedro mientras se inclina hacia el oído derecho del Rabino.

Pedro:

"Rabino, ¿tuviste algún problema en el camino a la cumbre?"

El Rabino levanta su antebrazo izquierdo, revelando un leve moretón:

"Me resbalé y dejó una marca."

Pedro jadea, volviéndose hacia Santiago:

"¡¿Lo ves?! ¡Sabía que estaba en problemas!"

Santiago sacude la cabeza en negación y levanta su brazo izquierdo, exasperado:

"¡Saliste corriendo como un rayo!

¿Qué tal si nos avisas la próxima vez?"

Pedro refleja risitas y levanta las manos a la

defensiva:

"Tal vez. Aun así, ¡tenía razón al

preocuparme!"

El Rabino escucha su cotorreo con una pequeña sonrisa. Mientras tanto, Juan, echando un vistazo por encima de su hombro, aminora el paso. A lo lejos, tres figuras luminosas descienden por las escaleras. Duda, pero finalmente acelera para unirse al grupo.

El camino, que oculta la cumbre a la vista, se curva. Mientras lo siguen, el Rabino siente una ausencia.

Al volverse, llama:

"¿Juan...?"

Da un paso atrás y luego se coloca entre
Pedro y Santiago:
"Esperen aquí... Ambos..."

Tras caminar aproximadamente una
milla y media, el Rabino sigue la curva del
sendero y encuentra a Juan absorto; su
mirada fija en las escaleras. En medio del
cielo y la tierra, Juan observa tres figuras
luminosas de pie en la escalera de Moisés y
dos en la de Elías. Mientras sostienen el
Pasamanos Relámpago-Umbilical y bañadas

por un resplandor divino, las figuras contemplan la Tierra Prometida. Al acercarse en silencio, el maestro se detiene a su lado.

Rabino:

"¿Qué ves?"

Juan, sorprendido:

"Rabino... hola.

Veo tres figuras en una escalera y dos en la otra."

Él inclina su rostro...

"—Sí... Es tiempo de irnos, Juan."

El Rabino comienza a descender, y Juan lo sigue, pero se detiene, una pregunta persiste en sus labios:

"Rabino, ¿Estoy mirando a Moisés y Elías
con otros? ¿O es alguien más?
¿Sabes quiénes son?"

El Rabino suspira, encontrándose con la
mirada de Juan:
"Sí. Moisés y Elías. Moisés con su hermano
Aarón y su hermana Miriam. El discípulo de
Elías, Eliseo, quien fue como un hijo para
él."

Juan sonríe; el Rebe sonríe. Lado a lado,
juntos bajan para regresar con los demás.
Pero Juan tiene una última pregunta:
Juan:
¿Están juntos…?

El Rebe baja la barbilla:

"De una manera familiar…"

Después de una pausa, el tono del Rebe se vuelve serio, su mirada firme:

"Recuerda, Juan.

No puedes decirle a nadie lo que has presenciado."

Juan pone una mano en su pecho:

"No te preocupes, Rabino. No lo haré."

El Rabino inclina su cabeza y señala el camino:

"Vamos, Juan. Almas atormentadas que necesitan liberación nos esperan; debemos sanarlas."

Juan sonríe; Rebe sonríe. Caminan uno al lado del otro para reunirse con los demás y reagruparse con ellos. Una vez más, tocados por los ecos del cielo, los conduce hacia el valle: Pedro a su derecha, Juan detrás de él y Santiago a su izquierda.

El valle que se extendía a sus pies parecía familiar y transformado a medida que aparecía ante sus ojos. Caminan en silencio. Caminan bajo el manto del Príncipe de la Paz. Un mar de tranquilidad los envuelve, su tacto es suave como el lino fino. Intercambiando sonrisas cómplices, Pedro, Santiago y Juan sienten la paz que supera todo entendimiento: la paz de Dios.

Epílogo

La cumbre quedó atrás, su resplandor se desvaneció en el crepúsculo mientras el rabino y sus discípulos descendían hacia el valle. Los discípulos lo acompañaron en silencio, con el corazón apesadumbrado pero extrañamente en paz. No tenían palabras para describir lo que habían visto; solo asombro y maravilla, grabados en sus almas como los surcos de un camino trillado.

Pedro, Santiago y Juan se quedaron cerca del rabino, sus pies pisando el polvo del camino. Aunque su viaje se extendería por muchos días y lugares, el recuerdo de Tabor permanecería con ellos para siempre:

un momento en el que el tiempo y la eternidad se rozaron.

Desde la cresta, los discípulos vislumbraron a Moisés y Elías, no en carne y hueso como los humanos podrían esperar, sino espiritualmente presentes, su resplandor trascendiendo los límites de la existencia terrenal. Para algunos, este encuentro plantea preguntas profundas: ¿podría el monte Tabor, de poco menos de 1.900 pies de altura, modesto según los estándares geográficos y que apenas cumple con los criterios de una montaña, tener realmente un significado tan divino? En las narraciones bíblicas, después de todo, "montañas altas" a menudo podía significar colinas.Ahora, el poder del monte Tabor emana de su ubicación, que se encuentra aproximadamente a 11 millas (18 kilómetros) al oeste del río Jordán.

Desde su posición privilegiada en Israel, el monte Tabor ofrece una perspectiva que une lo temporal y lo eterno. Tal vez Moisés, que había contemplado la Tierra Prometida hacía mucho tiempo, ahora la veía plenamente, no con ojos humanos, sino espirituales. El rabino había conmovido el corazón de Yahvé, por lo que esta acción le concede a Moisés este momento.

Los discípulos también luchaban con lo que habían presenciado. ¿El intercambio que observaban era realmente una conversación, o algo más allá de la comprensión humana? Parecía menos palabras habladas y más verdades intercambiadas a través de la comprensión divina, trascendiendo los límites del lenguaje terrenal.

En la quietud del descenso, sabían que algo había cambiado. El mundo de abajo los esperaba, y el peso de su salvación descansaba sobre los hombros de Aquel a quien seguían.

CITAS BÍBLICAS

Estas son las citas bíblicas que sirven como inspiración o fuente para cada capítulo. Por "fuente o inspiración," se entiende que la cita puede evocar una imagen en particular, proporcionar contenido o, a veces, ambos. Se podrían agregar otras citas, pero estas ofrecen una perspectiva justa y, sí, algunos "easter eggs."

Algunas citas pueden aparecer en más de un capítulo, ya que su imaginería o temas se desarrollan a lo largo de la narrativa. Para el contexto general de toda la historia, consulta:

• Mateo 17:1-13

• Marcos 9:2-13 • Lucas 9:28-36

CAPÍTULO I: EL ASCENSO AL TABOR

• Éxodo 19: Encuentro con Yahvé—Monte Sinaí.

• Mateo 2:13-15, 19-23: Viaje hacia un destino.

- Lucas 24:13-35: Camino a Emaús.

- 1 Reyes 19:12: El susurro apacible de Elías.

CAPÍTULO II: PEDRO PRECIPITADO

- Mateo 14:28-31: impulsividad de Pedro al caminar sobre agua.

- Mateo 26:33-35: La impulsividad de Pedro al negar a Jesús.

- Gálatas 2:11-12: Autoridad de Santiago.

- Hechos 15:13-21: Liderazgo de Santiago.

- Gálatas 1:18-19: Autoridad de Santiago.

- Mateo 4:21-22: Acuerdo entre Santiago y Juan.

- Marcos 1:19-20: Concordia entre Santiago y Juan.

CAPÍTULO III: EL ENCUENTRO DIVINO

- Éxodo 19:16: Encuentro con Yahvé—Monte Sinaí.

- Lucas 8:25: Dominio sobre fuerzas naturales (viento, olas).

- Éxodo 34:33-35: La vestimenta (el velo).

- 2 Reyes 1:8: La vestimenta (cinturón de cuero).

- 1 Reyes 19:13: Vestimenta (manto sobre su cabeza).

CAPÍTULO IV: LA CONVERSACIÓN DIVINA

- Éxodo 4:10: Voz fluvial.

- Deuteronomio 1:37, 3:23-26, 32:51-52: Dios niega a Moisés.

- Números 20:7-11: La desobediencia de Moisés en el agua.

- Éxodo 17:5-7: Moisés golpea la roca una vez.

- Mateo 2:13-15, 19-23: Viaje hacia un destino.

- Juan 2:1-11: Bodas de Caná.

- Mateo 26:34: Jesús predice la negación de Pedro.

- 1 Reyes 19:3-18: Ayuda de un ángel.

- Números 11:15-17: Ayuda de 70 ancianos.

- Juan 19:26-27: Jesús confía el cuidado de su madre.

- Éxodo 19:1-2: Monarca/gobernante faraón.

- Juan 18:36-38: Monarca/gobernante habla su verdad.

- Lucas 22:44: Sudor de sangre.

- Juan 19:1-3,18, 34: Sangre.

- Hebreos 9:22: Sangre.

- Efesios 1:7: Sangre.

- Hechos 2:2-4: Lenguas de fuego.

- Juan 1:51: Referencia a la escalera de Jacob.

- Génesis 28:10-19: Sueño de Jacob con la escalera.

CAPÍTULO V: EL DESCENSO DEL TABOR

- Génesis 28:10-19: Sueño de Jacob con la escalera.

- Lucas 9:37: dialogo almas atormentadas para sanar

- Filipenses 4:7: La paz que trasciende todo entendimiento.

SOBRE EL AUTOR

J. Rodolfo obtuvo una maestría en artes (M.A.) de la Universidad de Miami. Durante sus estudios en el Miami Dade College, la Universidad Internacional de Florida y la Universidad de Miami, J.R. realizó cursos de literatura (poesía), periodismo (impreso y televisivo), escritura creativa, teatro y cine. A lo largo de décadas, el autor ha vivido numerosas experiencias espirituales. Además, ha escuchado a numerosos sacerdotes, pastores, rabinos y eruditos hablar, analizar y escudriñar la Biblia. Este trasfondo refleja su historia. Actualmente, reside en el sur de Florida y continúa su camino como escritor.